GUÍA DE LECTURA

Escrita por Vincent Jooris
Traducida por Laura Soler Pinson

Gargantúa

de François Rabelais

Entiende fácilmente la literatura con

ResumenExpress.com

www.resumenexpress.com

FRANÇOIS RABELAIS

ESCRITOR HUMANISTA FRANCÉS

- **Nacido c. 1484 cerca de Chinon (Francia)**
- **Fallecido en 1553 en París (Francia)**
- **Algunas de sus obras:**
  - *Pantagruel* (1532), novela
  - *Gargantúa* (1534), novela
  - *El tercer libro de Pantagruel* (1546), novela

François Rabelais nace hacia 1484. Es hijo de un abogado, y toma los hábitos hacia 1510. Son los monjes o laicos alfabetizados los que le transmiten su pasión por la Antigüedad y por el humanismo.

Rabelais cuelga los hábitos por motivos desconocidos en 1527 y se pone a estudiar medicina en la Universidad de Montpellier. Se va a vivir a Lion, donde interpreta farsas y se cartea con Erasmo. Allí publica también sus dos primeros libros, censurados por la Sorbona. Rabelais se convierte después en el secretario de Jean du Bellay, obispo y diplomático, y lo sigue en sus desplazamientos hasta Roma. A partir de 1546, publica la continuación de sus obras, lo que le causa de nuevo problemas con la Sorbona. El cardenal obtiene para Rabelais un puesto de cura en Meudon, al que renuncia en 1553.

Personaje atípico, cultivado y jovial, Rabelais se apaga en París en 1553.

GARGANTÚA

DEL GIGANTISMO A LO GARGANTUESCO

- **Género:** novela
- **Edición de referencia:** Rabelais, François. 1999. *Gargantúa*. Caracas: El perro y la rana. E-book en PDF
- **Primera edición:** 1534
- **Temáticas:** folclore, risa, parodia, educación, guerra, gigantismo

La vida inestimable del gran Gargantúa se publica en Lyon, en la imprenta de François Juste en 1534, con el pseudónimo Alcofribas Nasier (anagrama de François Rabelais). *Pantagruel*, editado en 1532, ya había cosechado éxito. Sin embargo, en vez de contar la secuela, Rabelais narra la vida de Gargantúa, el padre de Pantagruel. La obra se retoca en varias ocasiones. En 1542, en su última reedición, el autor modera prudentemente algunas mofas: por ejemplo, sustituye las palabras «teólogos» y «Sorbona» por «sofistas».

Esta obra es la más estructurada de los relatos de Rabelais, pero no por ello deja de atesorar un lenguaje único y creativo. Rabelais, escéptico y burlón, defiende siempre sus ideas con la mejor de las armas: la risa.

RESUMEN

INFANCIA Y EDUCACIÓN (CAPÍTULOS 1-24)

El gigante Grandgousier se casa con Gargamella. Esta se queda embarazada y su embarazo dura once meses: según el narrador, este hecho presagia la perfección del neonato. Gargamella participa en un banquete por la celebración del «martes graso» (en Francia, el martes de Carnaval). A pesar de los reproches de su marido, Gargamella se atiborra a tripas, traga una gran cantidad de vino y baila mucho. Empieza entonces a sentir contracciones y da a luz de una forma insólita: el niño sale de su oreja. El bebé viene al mundo gritando «¡A beber! ¡A beber!». Su padre, el rey Grandgousier, lo llama Gargantúa. Se necesitan miles de vacas para amamantar a la enorme criatura.

El niño es completamente libre y hace lo que quiere: bebe, come, duerme, persigue mariposas, se revuelca en la basura, etc. Se limita a hacer tonterías infantiles y a contar fábulas escatológicas. Un día, Gargantúa inventa el limpiaculos. Al percatarse de la inteligencia de su hijo, Grandgousier decide asignarle un tutor, Túbal Holofernes, para que se encargue de su educación. Pero esta educación arcaica y sofista embrutece al alumno. Un día llega Eudemón, un pajecillo cultivado que hace que Gargantúa parezca ridículo. Entonces, Grandgousier se da cuenta de su error y envía a su hijo a París para sus estudios. Recibe un regalo de parte del rey de Numidia: una enorme jumenta que se convierte en la montura de Gargantúa.

Durante el trayecto, la yegua del gigante destruye accidentalmente un bosque con su cola. Cuando Gargantúa llega a la capital, orina y ahoga a la mayoría de los habitantes, y después arranca las campanas de la catedral de Nuestra Señora y se las coloca en el cuello al jumento. Los supervivientes envían entonces a un mediador: Janotus de Bragmardo. Este último hace un discurso tan absurdo que a Gargantúa le resulta cómico. Janotus se dirige a los doctores de la Sorbona para que le paguen, pero estos se niegan. Rápidamente, el hombre interpone varias demandas. Al final, Gargantúa restituye las campanas y los parisinos cuidan de la jumenta del gigante.

Gargantúa conoce por fin a su nuevo profesor, Ponócrates. El gigante empieza por beber una poción que borra de su cerebro las antiguas lecciones. Gracias a este pedagogo con experiencia, el estudiante desarrolla su pensamiento crítico, estudia los grandes textos, aprende el oficio de las armas, etc. De vez en cuando, Gargantúa abandona la ciudad para divertirse y cazar con su escudero Gymnasta.

GUERRA Y TRIUNFO (CAPÍTULOS 23-49)

Mientras tanto, en el país natal de Gargantúa se produce un altercado. Mientras los pastores vigilan las viñas de Grandgousier, unos pasteleros (vendedores de tortas) pasan cerca. Los pastores les piden tortas, pero los pasteleros los insultan. Forgier, uno de los pastores, se ofende y los sermonea. Marquet, uno de los pasteleros, le dice que se acerque y se sirva, y lo azota con un látigo. Entonces, el pastor pide auxilio y suelta su cayado, que cae encima de la cabeza de

Marquet. Los pastores terminan por comprar las tortas y celebran un banquete.

Sin embargo, los torteros van a quejarse a Picrochole, el rey vecino. Este aprovecha para declararle la guerra a Grandgousier. Su ejército asola el campo del gigante. La abadía de Sevillé es atacada. Entonces, aparece el hermano Juan de los Entomeures: defiende el monasterio él solo, con valentía, y frena momentáneamente las tropas picrocholinas mientras que los otros monjes rezan.

Grandgousier quiere entablar negociaciones, pero la ira de Picrochole persiste. Envía una carta a su hijo, en la que le anuncia que lo ha intentado todo para salvaguardar la paz. Tras el fracaso de su embajador Ulrich Guallet, Grandgousier paga a los pasteleros, que son el origen del conflicto. Picrochole lo percibe como una señal de debilidad y prosigue con las hostilidades.

Gargantúa envía en misión de reconocimiento a Gymnasta, que es sorprendido por unos saqueadores. Para escapar de ellos, finge que está poseído por el diablo y hace alguna cabriola con su caballo. Tras ganar una batalla en el castillo del vado de Vede, Gargantúa se encuentra con su padre. Para celebrar el regreso, se organiza un festín. Gargantúa está a punto de engullir a unos peregrinos que se habían resguardado debajo de unas lechugas de su jardín. Por su parte, el hermano Juan se convierte en el mejor amigo del joven gigante.

Los combates se suceden sin descanso. Al final, los gigantes y sus amigos se alzan con la victoria. Picrochole huye.

Iracundo, mata a su caballo, y cuando intenta robar un asno, es asaltado por unos molineros. Nadie sabe de él tras este acontecimiento. Gargantúa libera a la mayoría de los prisioneros, cura a todos los heridos y sermonea a los vencidos acerca de la absurdidad de tales conflictos.

LA ABADÍA DE THELEMA (CAPÍTULOS 50-56)

Para recompensar la valentía del hermano Juan, Gargantúa manda construir la abadía de Thelema, cuyo lema es «Haced lo que queráis». Sus miembros viven libremente y en perfecta armonía.

Cuando están excavando los cimientos del edificio, descubren un texto misterioso. El enigma profético suscita interpretaciones contradictorias, y con ellas acaba la obra.

ESTUDIO DE LOS PERSONAJES

GARGANTÚA

Gargantúa es el protagonista principal de la historia. Es obvio que la etimología de su sobrenombre hace referencia a la garganta: al nacer, Gargantúa reclama bebida, y por ello Grandgousier exclama «¡Grande lo tienes!» (se sobreentiende «el gaznate»). Es un gigante: en sus relatos, Rabelais nos presenta a una dinastía de gigantes.

Gargantúa y Grandgousier representan exactamente a un tipo de monarca salvador y clemente:

- emplean todos los medios para preservar la paz en su reino;
- no albergan ningún deseo de venganza;
- tras haber ganado la guerra, se niegan a anexionarse los territorios de los vencidos, por lo que evitan la humillación de sus enemigos;
- no mandan ejecutar a Picrochole, aunque sí lo despojan de sus atribuciones reales, y eso lo rebaja a la misma categoría que el común de los mortales.

Muchos ven en Gargantúa una alegoría de Francisco I, rey de Francia que gobernó entre 1515 y 1547, al que Rabelais consideraba un paradigma del monarca ideal, dotado de una moral extraordinaria.

LOS PRECEPTORES

Holofernes y Bridé

Grandgousier confía su hijo a un primer tutor, Túbal Holofernes, y después, a Jobelin Bridé. La formación que recibe Gargantúa (Rabelais 1999, cap. 13 y 20):

- va siguiendo el ritmo de sus necesidades corporales (glotonería, excreción, expectoración, etc.) que son, por otra parte, desequilibradas (Gargantúa no tiene ninguna higiene corporal);
- es caduca (se trata de un batiburrillo de la Baja Edad Media, de un saber puramente libresco, de una amalgama de obras de juristas y de oscuros gramáticos);
- resulta ser extremadamente lenta, puesto que dura 54 años;
- se basa únicamente en la memoria mecánica y la erudición bruta: el alumno solo recita textos de manera mecánica, al derecho y al revés;
- lo convierte en un ser pasivo: el tutor le lee un libro tras otro, pero no pide nunca su participación o su reflexión, y esto provoca la pérdida del pensamiento crítico y de sus capacidades de reflexión;
- no guarda ninguna relación con la vida cotidiana.

Ponócrates

Ponócrates propone una nueva pedagogía basada en (Rabelais 1999, cap. 21):

- el saber humanista. La educación hace referencia a los

autores clásicos grecolatinos y a otras obras humanistas, como el *Elogio de la locura* (1511), de Erasmo (1469-1536), o *Utopía* (1515), de Moro (1478-1535). Ponócrates inicia también a Gargantúa en las ciencias que se desarrollan en esa época (astronomía, biología, matemáticas, medicina). Además, se deja un espacio importante para la interpretación de los textos religiosos: la jornada del alumno empieza y acaba con un análisis de la Biblia, para hacerla inteligible;

- la disciplina del cuerpo y la organización del tiempo. Se restablece la armonía entre el cuerpo y la mente (*mens sana in corpore sano*, es decir, «una mente sana en un cuerpo sano»): Gargantúa aprende a lavarse, a practicar ejercicio físico, etc. También gestiona el tiempo de manera diferente. Se levanta antes de que amanezca y ya no pierde un solo segundo. Cada hora del día está asociada a una actividad: no cabe ningún momento de ocio. Además, se producen varias acciones a la vez: Gargantúa aprende mientras se viste o se lava, mientras está comiendo, etc. Sin embargo, un ritmo así debe de ser bastante agotador. Por eso, Rabelais no exige que se aplique a rajatabla el programa completo. Se trata de un ideal que nos indica la óptica global del aprendizaje que preconiza;
- la diversidad de los procesos de aprendizaje. Cuando la tensión intelectual se vuelve abrumadora, las conversaciones al aire libre, los juegos o los ejercicios físicos militares sirven como válvula de escape;
- la reflexión del alumno. Gargantúa debe desarrollar su pensamiento crítico y aprender a pensar por sí mismo;
- el sentido práctico. El programa de Rabelais no se aísla de lo real, no ignora la vida cotidiana. El saber entra en

contacto con la naturaleza y con la sociedad: la observación directa y la experimentación completan la lectura. Además, Gargantúa también estudia ciencias, geología y astronomía, disciplinas apartadas por sus antiguos tutores.

¿SABÍA QUE...? EL HUMANISMO

En la historia de Occidente, el humanismo hace referencia a una corriente de pensamiento que nace en Italia en el siglo XIV y que se expande por toda Europa durante los siglos XV y XVI. Se caracteriza por un regreso a la Antigüedad y por una fe sin límites en las capacidades morales e intelectuales del ser humano. Para los humanistas, la sed de conocimientos y el desarrollo del pensamiento crítico elevan al hombre y le permiten ser mejor y comprender la Creación. Así, la educación es su principal preocupación. El redescubrimiento de los textos antiguos, base del humanismo, se vivió como un auténtico renacer y permitió también el surgimiento de las ciencias modernas. Rabelais es uno de los grandes humanistas del siglo XVI.

Rabelais utiliza a Holofernes y a Bridé para imitar la educación escolástica tradicional. Esta educación, desarrollada a partir del siglo XI, y que alcanza su apogeo en el siglo XIII, tenía como objetivo conciliar la fe cristiana y la razón. Se trataba de que el alumno aprendiera un saber libresco, sin ningún vínculo con la vida, y que no llamaba a la reflexión, a la comprensión y a la inteligencia. Rabelais considera que esta forma de enseñar es demasiado rígida, embrutecedora e insuficiente para la época. Gargantúa sale siendo un ignorante, un charlatán y un ser pretencioso. Grandgousier se percata de su enorme error cuando aparece Eudemón («el angelote»), un joven pajecillo con una educación basada en los principios humanistas. Es tan fuerte el contraste con su hijo que el rey desea encontrar un preceptor de este tipo. Conoce entonces a Ponócrates («el que resiste victorio-samente al esfuerzo»). La educación humanista, abierta y completa, convierte a Gargantúa en un interlocutor digno de ser escuchado. A partir de ese momento, el protagonista es capaz de pensar por sí solo y utiliza recursos grecolatinos y erasmianos. Su educación le permite desempeñar su función en la sociedad: a través del discurso, Gargantúa es capaz de modificar o de guiar la acción de los hombres.

Así, a través de *Gargantúa*, Rabelais hace una demostración y un elogio de la educación humanista.

PICROCHOLE

Picrochole, rey de Lerné, es impulsivo y agresivo. De hecho, su nombre significa «el colérico». Declara una guerra por una simple disputa de pueblo. Picrochole encarna al con-quistador furioso, que olvida los tratados de paz y que está obsesionado consigo mismo.

Si Gargantúa es Francisco I, Picrochole representa a su rival, Carlos I de España (1500-1558). Cuando Carlos I hereda el trono, domina un territorio conformado por España y sus colonias, el reino de las Dos Sicilias (Nápoles), Borgoña y las diecisiete provincias de los Países Bajos. En 1519, es coronado emperador del Sacro Imperio Romano Germánico. Con sus posesiones europeas y las colonias españolas, hereda literalmente un imperio «donde nunca se pone el sol ». Su lema, «Plus ultra», puede traducirse por «Más allá todavía», lo que elimina cualquier límite en la expansión territorial.

Para Rabelais, el episodio de la guerra picrocholina le da la oportunidad de denunciar los abusos de la guerra. Como todos los humanistas, promueve la paz y el diálogo. Grandgousier, que para el autor encarna al monarca ideal, opta por una respuesta diplomática. Se muestra benevolente, se preocupa ante todo de las repercusiones que una guerra tendría sobre sus súbditos e intenta calmar a su adversario por todos los medios. Pero la embajada de Grandgousier fracasa: no hay discurso racional que disuada a Picrochole. Los gigantes chocan contra este muro y se resignan, decepcionados pero resueltos: preparan su estrategia con método y firmeza.

El hermano Juan de los Entomeures

El hermano Juan es un monje ignorante, pero pragmático, temerario, simpático y preocupado por los problemas de su época. Cuando Juan y el protagonista se conocen, el encuentro le brinda la ocasión a Gargantúa de rebatir la utilidad de los monjes y de las oraciones. El hermano Juan se convierte en el acólito de Gargantúa y juntos forman una pareja que nos recuerda a la amistad de Pantagruel y Panurgo. En ambos casos, el distinguido protagonista es acompañado por un antihéroe con un nivel de educación más bajo. La interpretación de los acontecimientos oscila siempre entre la visión de uno, a menudo alegórica, y la del otro, muy prosaica. Así, en el enigma final, Gargantúa, cree que está leyendo un texto simbólico, mientras que el hermano Juan solo ve una descripción de un juego de la pelota.

CLAVES DE LECTURA

LA ABADÍA DE THELEMA, UNA UTOPÍA

Como recompensa por su valentía, el hermano Juan recibe la abadía de Thelema, donde se crea una organización religiosa nueva. La abadía es el crisol de una sociedad nueva y perfecta, compuesta por jóvenes bellos, ricos, cultivados y bien educados. Las condiciones de vida no causan conflictos ni desacuerdos.

Al describir lo que hacen estos habitantes, Rabelais recalca lo que no hacen. Así, presenta lo opuesto a las reglas monásticas, extremadamente restrictivas, que él mismo ha vivido. Thelema se rige por la libertad de movimiento y de palabra, la diversidad, etc. Cada uno es libre de actuar como desee; de hecho, en griego, «thelema» significa «libre albedrío». Además, se suprimen los votos de castidad, de pobreza y de obediencia.

El lema del monasterio es «Haced lo que queráis». Sin embargo, si solo hacemos lo que deseamos, no hay una comunidad real: ¿cómo podemos garantizar el respeto mutuo y la elevación moral? ¿Cómo podemos luchar contra los excesos y el libertinaje? En realidad, Rabelais supone que el ejercicio de la libertad individual estimula la búsqueda del bien común. El programa de la abadía responde, por lo tanto, a la confianza que Rabelais, como todos los humanistas de su siglo, deposita en la naturaleza humana.

La utopía thelemita constituye un símbolo más que un

proyecto real. En efecto, este lugar idílico es demasiado armonioso, está demasiado bien regulado y, sobre todo, no puede adecuarse a los gigantes y a sus amigos. Los personajes de Rabelais son seres de diálogo. Sienten la necesidad de recorrer un mundo que está siempre en movimiento, en continuo cambio, fuente de controversias infinitas y de polémicas maliciosas. Sin embargo, en Thelema, la alteridad se ve aplastada ante el imperativo de concordia. Cada palabra se ahoga en la voluntad colectiva. Por lo tanto, el autor no puede dejar quietos a sus personajes, puesto que vendría a significar que los encarcela. Esto eliminaría sus diferencias tan pintorescas y creadoras de sentido. De hecho, Thelema caerá rápidamente en el olvido en las siguientes obras. Nada exime al hombre de su deseo de analizar el mundo.

UNA OBRA MIXTA: DEL PERSONAJE DE FERIA AL HÉROE CIVILIZADOR

Para escribir *Gargantúa*, Rabelais se inspira de diversas fuentes: el folclore, las novelas caballerescas, el humanismo, etc.

- Al principio, Gargantúa es un personaje popular y folclórico que procede de la tradición oral. Se realiza una transcripción anónima de sus aventuras en 1532: *Las grandes e inestimables crónicas del enorme y gigante Gargantúa*, donde destacan sobre todo los chistes picantes y, a veces, lo obsceno. Este relato carnavalesco en el que se cuenta la vida de un gigante ingenuo al servicio del rey Artús cosecha un gran éxito en las ferias. Rabelais solo recupera de la trama inicial algunos episodios, como el robo de las campanas de la catedral de Nuestra Señora.

- El relato primitivo de 1532 ya vincula a Gargantúa con el ciclo de las leyendas artúricas. Pero, además, Rabelais calca el esquema de las novelas de caballería para su historia. Tras una presentación del linaje mítico y fabuloso del protagonista, relata otros episodios típicos del género: nacimiento milagroso del héroe, revelaciones de su potencial, educación, exploración del mundo, hazañas que cualifican al protagonista, enfrentamientos guerreros y, para acabar, triunfo final.
- También se tratan otros géneros en el relato: poemas, conversaciones, arengas, etc.
- Por último, al incluir en su relato opiniones de letrados humanistas (educación, guerras picrocholinas, utopía de Thelema), Rabelais convierte a su personaje principal en un héroe civilizador.

Esta mezcla de géneros sorprende al lector del siglo XVI. Rabelais obliga a convivir a los extremos en un universo paradójico. Sin embargo, debemos recalcar que esta licencia que el autor se ha tomado no impide que su obra tenga sentido; más bien sucede al contrario.

LO CÓMICO EN RABELAIS

La obra de Rabelais es profundamente cómica. No hay sitio para la melancolía: todas sus historias se desarrollan con entusiasmo. Efectivamente, el primer objetivo del autor es hacer reír. Según él, la risa tiene una propiedad curativa: alivia angustias, cansancio, melancolía, etc. Como médico, ha escrito sus obras antes que nada para curar a sus enfermos.

Para hacer reír, utiliza varios procedimientos: el gigantismo, la creación verbal, la parodia y la exageración.

El gigantismo

El gigante, que es el resultado de una simple operación de aumento, está presente en todos los folclores. Es fuente de comicidad gracias a un simple efecto de contraste con respecto a nuestra escala humana: así, reímos con la descripción de la estatura de Gargantúa, con la cantidad de telas necesarias para vestirle, con todos los objetos que utiliza y que han sido fabricados a su medida, etc. Observamos igualmente que el gigantismo permite todas las impertinencias y todas las críticas, siempre salvaguardando el pudor del público y de la sociedad contemporánea.

La creación verbal

Rabelais sorprende y hace reír con su lenguaje. Mezcla términos técnicos, onomatopeyas, palabras antiguas, extranjeras o dialectales. Es también el padre de numerosos neologismos (Papeligosia, gallicisnegrullas, chupatocino, metagrobelizar, Tripet, etc.) y de proverbios tan expandidos como:

- «Reír es propio del ser humano» (a los lectores);
- «El hábito no hace al monje» (Rabelais 1999, prólogo);
- «El apetito viene comiendo» (Rabelais 1999, cap. 5).

Además, sus frases están plagadas de juegos sonoros, de juegos de palabras y de retruécanos: «El gran Dios hizo los planetas y nosotros los platos "netos"» (Rabelais 1999, cap. 5).

La parodia

A Rabelais le gusta emplear la parodia, y transgrede así las normas en vigor. Así, mezcla temas nobles y triviales, y provoca situaciones jocosas.

Parodia sobre todo el código caballeresco, que el autor considera obsoleto e irrealista (Rabelais 1999, cap. 34). Los gigantes y sus amigos prefieren oponer la astucia y el humor a la fuerza estúpida y obcecada de sus adversarios.

Según las novelas de caballería:

- los protagonistas utilizan armas nobles (espada, lanza);
- los enemigos íntegros y disciplinados son ejecutados en el combate basándose en el honor;
- los guerreros resisten a los golpes sin que las heridas los ralenticen.

En vez de esto :

- Gargantúa usa un árbol arrancado, mientras que sus enemigos utilizan armas de fuego;
- sus enemigos son cobardes (fugitivos y ladrones) y su muerte es ridícula (se ahogan en la orina de la yegua gigante);
- Gargantúa toma unas balas de cañón por unas uvas o por moscas.

La exageración

Los personajes de Rabelais se recrean en las enumeraciones extraordinarias, los números exactos, los detalles inútiles, las hipérboles fantásticas, las comparaciones desmesuradas, las repeticiones de palabras o de expresiones, etc.

Por ejemplo, los consejeros de Picrochole saben halagar su orgullo de megalómano (Rabelais 199, cap. 31). Al favorecer su delirio imperialista, planean conquistar el mundo entero. Para que su discurso agrade al monarca, toman a Alejandro Magno como modelo y enumeran largas listas de regiones conquistadas, llegando incluso a inventar nombres de países. Además, estos inventarios repiten los mismos sonidos, así que da la impresión de que es un cuento para niños. Para que resulten creíbles, mencionan cifras excesivamente precisas. Importa poco si sus sugerencias son absurdas.

UN MENSAJE ESCONDIDO ENTRE LA RISA

El prefacio nos hace detenernos y nos sugiere un modo de lectura particular: al igual que hacen los perros, hay que roer el hueso para llegar al «tuétano» (Rabelais 1999, 16). Rabelais invita a sus lectores a que no se conformen con el sentido literal de su obra; hay que ir más allá. En otras palabras, nos desaconseja que tomemos su texto al pie de la letra. Quiere que leamos entre líneas progresivamente. Por lo tanto, Gargantúa está lejos de ser únicamente un relato para divertirnos.

Efectivamente, la exuberancia cómica solo es fútil en apariencia. Los episodios burlescos y ridículos se yuxtaponen con intenciones más sutiles. Si un lector sensato analiza algunos pasajes, puede descubrir múltiples referencias a los problemas de la época, ya sean filosóficos, morales o religiosos. Rabelais evoca sobre todo la guerra, a la que critica, las cualidades que debe tener un buen monarca, las características de una buena educación, etc.

Así, la obra de Rabelais promueve los debates, los enigmas y los interrogantes discursivos —si bien es cierto que lo hace en un tono jovial o grotesco. Ninguna lectura unívoca puede encerrar el significado de este relato. La lectura sirve de pretexto para una reflexión acerca del mundo: invita a pensar, provoca el debate y permite que uno se forme una opinión. Por lo tanto, el lector también está implicado en el proceso de lectura.

PISTAS PARA LA REFLEXIÓN

ALGUNAS PREGUNTAS PARA PROFUNDIZAR EN SU REFLEXIÓN...

- ¿Qué diferencias observamos entre los gigantes de Rabelais y, por ejemplo, los ogros de los cuentos de hadas?
- ¿Cómo nos desvelan su carácter los nombres de los personajes de Rabelais? Cite ejemplos y explíquelos.
- ¿Qué mecanismos emplea Rabelais en el capítulo 5 para hacernos creer que los hechos que narra son verídicos? ¿Qué detalles indican al lector que, en realidad, Rabelais se está divirtiendo?
- Busque el texto de la regla de San Benito (que constituye el origen de la orden de los monjes benedictinos, establecida c. 540) y compare su contenido con el programa de la abadía de Thelema.
- La interpretación del mundo que hace el hermano Juan se opone a la de Gargantúa. Explique por qué esta diferencia de puntos de vista recuerda a la imagen del hueso y el tuétano.
- Bajo un texto aparentemente cómico se esconden mensajes más serios. Explique por una parte en qué consiste lo cómico en Rabelais y, por otra parte, cuáles son esos objetivos más serios del autor.
- Rabelais instaba a ir más allá de la lectura literal de su obra. Por extensión, sugería sin duda el mismo enfoque con respecto a los textos sagrados (la Biblia, por ejemplo). Explique esta afirmación.
- «En *Gargantúa*, sobrevuela constantemente un cierto

equivoco». Justifique esta tesis.

- ¿Cree que se puede establecer una relación entre *Gargantúa* y *El Quijote* de Cervantes (publicado entre 1605 y 1615)?
- El *Elogio de la locura*, escrito por Erasmo, usa la sátira como arma en el combate intelectual. ¿En qué se parece esta obra a *Gargantúa*?
- ¿Qué convierte a Rabelais en un humanista?
- ¿Qué diferencias podría encontrar entre, por una parte, la pareja formada por *Gargantúa* y *Pantagruel* y, por otra parte, el grupo compuesto por *El tercer libro*, *El cuarto libro* y *El quinto libro*?

PARA IR MÁS ALLÁ

EDICIÓN DE REFERENCIA

- Rabelais, François. 1999. *Gargantúa*. Caracas: El perro y la rana. E-book en PDF.

ESTUDIOS DE REFERENCIA

- De Beumarchais, Jean-Pierre y Daniel Couty. 2001. "Gargantua". *Dictionnaire des grandes œuvres de la littérature française*, p. 503-506. París: Larousse.
- Dantzig, Charles. 2005. "Rabelais". *Dictionnaire égoïste de la littérature française*, p. 851-853. París: Grasset.
- Hubert, L. 1994. *Rabelais en classe de français (Quelques suggestions et propositions autour d'extraits du Gargantua)*. Lovaina la Nueva: UCL.
- Philippart, Marc. 1986. *Où Gargantua retourne sur les bancs de l'école. Introduction au monde de Rabelais en classe de français*. Lovaina la Nueva: UCL.
- Viegnes, Michel. 1994. *Pantagruel, Gargantua, Rabelais*. París: Hatier, colección *Profil d'une œuvre*.

ResumenExpress.com

Muchas más guías para descubrir tu pasión por la literatura

www.resumenexpress.com

www.resumenexpress.com

ISBN ebook: 9782806279880

ISBN papel: 9782806284679

Depósito legal: D/2016/12603/404

Cubierta: © Primento

Libro realizado por Primento, *el socio digital de los editores*